10674.

CHANSONS
SUR LE RETOUR
DU ROY,
ET SUR SON HEUREUSE
ARRIVE'E A PARIS.

I. CHANSON.

BRANLE.

Sur l'Air, Dieu béniße le Roi Charles]
Qui mourut l'année qui vient.

DIEU béniße Louis quinze,
La Reine & tous les Enfans;
Je retenons ce bon Prince
Bien gaillard & bien portant

Brunette allons gaye , gaye ,
Brunette allons gayement.

Hélas ! s'il a zu du mal,
J'en onz eu bien autrement ;
Car il étoit dans la gloire ,
Et j'étions dans le tourment.
Brunette allons gaye , gaye ,
Brunette allons gayement.

S'il reva jamais à la guerre ,
J'irons , j'en ons fait ferment ,
Jufqu'au fin bout de la terre ,
Après lui toujours chantant.
Brunette , &c.

Allons voir un fi bon Maître ,
Il loge ici attenant ,
Et danfons fous la fenêtre
De fon bel appartement.
Brunette allons gaye , gaye ,
Brunette allons gayement.

Gageons que fur ma parole
Il va dire en nous voyant ,
En vérité c'eft bien drole ,
Et voilà de bonnes gens.
Brunette , &c.

En lieu de mélancolie
N'engendrons que des enfans ;
Contre la Reine d'Hongrie
Faifons-en des Regimens.
Brunette , &c.

II. CHANSON.

Du grand Aftrologue qui devine les Fêtes
quand elle font venues.

*Pour le retour prochain du R O I , qui alloit
arriver.*

*Sur l'*A i r : *Vous en venez, vous en venez.*

GRand R O I , tout eft en allegreffe ;
Sages & fous de toute efpece ,
Rient aux Anges & levent le nez.
    Vous revenez ,   (Bis)
Ah ! je vois bien que vous revenez ,
    Que vous revenez.

A peine Meffieux de la Ville ,
Non plus que Monfieu de Marville
Se donnent le tems de diner.
    Vous revenez , &c.   (Bis)

L'Hôtel de Ville s'endimanche,
Et met une chemife blanche,
Qui fera falle après dîné.
    Vous revenez , &c.

Je vois fur le bord de la langue
De tous nos faifeurs de Harangue ,
Mille mots joliment tournés.
    Vous revenez , &c.

A des Odes nos Rimeurs fongent ;
Je les vois qui leurs ongles rongent
S'agitant comme des damnés.
    Vous revenez, &c.

Je vois fur les Tours Notre-Dame ;
Tout plein de Monfieux de Madames
A l'Orient les yeux tournez.
    Vous revenez , &c.

Mille curieux , vers le Louvre ;
Dont la Porte à pas un ne s'ouvre ,
Courent comme des forcenés.
    Vous revenez , &c.

Dans les Thuilleries grand tapage ;
Monfieur Bontems en deménage ,
Quoiqu'il fut dès mieux cantonné.
    Vous revenez, &c.

Le Guet à Cheval fur la hanche ;
Avec fes chapeaux de Dimanche,
Met fes beaux habits galonnés.
Vous revenez , &c.

J'entends la Baftille qui tonne ;
Sur le Pont-Neuf on carillonne ;
Les Cloiftres font abandonnés.
Vous revenez , &c.

Tout Paris fe change en Lanternes ;
Tous les coins de rue en Tavernes ,
Où mille chants font entonnés.
Vous revenez , &c.

Dômes , Fenêtres & Portiques ;
Et les Clochers & les Boutiques ,
De Lampions font Feftonnés.
Vous revenez , &c.

De deffus l'Hôtel de Noailles ;
Par un Feu qui n'eft pas de Paille ;
Vos Jardins font illuminez.
Vous revenez , &c.

Je vois Fribourg frappé du Foudre ;
Et fes fuperbes murs en poudre ,
Et fes trois Châteaux ruinez ,

Vous en venez,
Vous en venez,
Ah! l'on voit bien que vous en venez,
Que vous en venez.

Comme un Berger qui vient de faire
Déguerpir le loup téméraire,
A vos Moutons vous revenez,
Vous revenez, vous revenez.
Sire, à vos Moutons vous revenez,
Vous y revenez.

III. CHANSON

Sur l'Air : *De la Fanfare de Choisi.*

Voici ce Roi bien-aimé
Qui nous a tant allarmé,
S'il faut en découdre encor,
Il repartira d'abord,
Dieu nous donne donc la Paix,
Et qu'elle dure à jamais.

Ce Roi tout des plus Guerriers,
Eut grande envie de Lauriers,
Dieu merci dans son chemin,
Il en a trouvé tout plein;
Il a cueilli sans façon,

Il a fait belle moisson.

LOUIS vos premiers exploits,
Vous font le premier des Rois,
Du Monde si vous vouliez,
Conquerir les deux moitiez,
Dans peu de tems croyez-nous,
La Boule seroit à vous.

Mais à si rude métier,
Pour avoir le monde entier,
S'il vous en coûte un cheveu,
N'en faites rien car le jeu,
Quoiqu'on puisse dire hélas !
La Chandelle ne vaut pas.

Vous avez pour le certain,
Gagnez Furne, Ypres & Menin,
Démont aussi Fort Dauphin,
Fribourg est dans votre main,
Louis c'en est bien assez,
Avec ce que vous avez.

Et de plus Dieu vous donna,
Mille fois mieux que tout çà,
A sçavoir les cœurs entiers,
Des Soldats, des Officiers,
Et de vos Peuples qui tous
Se feroient hacher pour vous.

La Reine d'Hongrie avec
Tous ceux qui lui font le bec,
Et tant d'autres Rois feront,
Si Grands-Seigneurs qu'ils voudront ;
Je les défie tous pourtant,
De pouvoir en dire autant.

IV. CHANSON

De la RAME'E, Soldat du Regiment
de Poitou.

Sur l'Air : *J'aime mieux ma mie ô gué.*

Tous les Piemontois m'ont dit :
    Nous t'offrons la Pipe,
Et le Rogome à credit,
    Laisse Dom Philippe,
Moi montant sur mes ergots,
    J'ai répondu tout de go,
Vive Dom Philippe, ô gué,
    Vive Dom Philippe.

Dom Philippe a de mon Roi
    Epousé la Fille,
Je fons lui, la France & moi,
    La même Famille,
Je suis, pour vous dire tout,
    Du Regiment de Poitou

La Ramée bon Drille, ô gué,
La Ramée bon Drille, &c.

Savons-je bien recevoir
Et rendre taloche,
Vous l'avez tretous pû voir,
Soit dit sans reproche,
Quand pour l'amour de Louis,
Comme des Chats, sous Conti,
Je grimpions la Roche, ô gué,
Je grimpions la Roche.

Sfirent-ils, des Ro's fameux,
Sont dans note manche,
Bon, sfisje, faisant, comme eux,
Le Pot à deux anses,
Allont-ils à la moitié
De la cheville du pied,
Du grand Roi de France, ô gué,
Du grand Roi, &c.

Ont-ils des Villes au cent ?
Soixante Provinces,
Ont-ils autant dans leur sang
D'Heros que de Princes ?
Autant d'or que de projets !
Et d'Enfans que de Suje ts,
Tel est Louis quinze, ô gué,
Tel est Louis quinze.

V. CHANSON.

DIALOGUE DE COMEDIE,

Entre Boutte-tout-Cuire & Madame Pleurepain sa femme & un cul de Jatte, qui de-
meure au milieu de la rue, vis-à-vis de
cheux eux.

Sur l'Air :

Voici les Dragons qui viennent.

BOUTTE-TOUT-CUIRE.

Femme je prend dans l'armoire
Jusqu'au dernier sou ;
Le Roi vient, je veux tout boire
Avec Compere Grégoire.

MADAME PLEUREPAIN.

Et moi itou,
Et moi itou.

BOUTTE-TOUT-CUIRE. *Au Cul de Jatte.*

Cul de jatte de ta niche
Prends garde cheus nous ;

LE CUL DE JATTE.

Je ne garde que ma miche ;

BOUTTE-TOUT-CUIRE.

Ne veux-tu pas, je m'en fiche ;

MADAME PLEUREPAIN.

Et moi itou,
Et moi itou.

BOUTTE-TOUT-CUIRE.

Paix : le vla sur ma parole,
On tire à grands coups :
Femme, allons, la capriolle.

MADAME PLEUREPAIN.

Oh, j'y cours.

BOUTTE-TOUT-CUIRE.

Et moi j'y vole ?

LE CUL DE JATTE *prenant ses bequilles,*
& tortillant du cul,

Et moi itou,
Et moi itou.

VI. CHANSON

SUR L'AIR : *Souvenez-vous-en.*

LOUIS est dans son Etat
Roi, Capitaine & Soldat :
Prince Charle, ce Printems,
    Souvenez vous-en.   (*bis*)
Anglois, Hollandois, Flamands
Ne l'oublieront de long-tems.

⁂

Et vous nos chers descendans
Qui viendrez dans dix mile ans ;
Dites bien à vos enfans,
    Souvenez-vous-en.   (*bis*)
Que ce Roi fut en tout sens
Les délices de son tems.

⁂

Qu'il fut ainsi que Vaillant,
Doux, équitable & charmant ;
Qu'on l'aimoit si tendrement,
    Souvenez-vous.en.   (*bis*)
Qu'on craignoit sincerement

De lui survivre un moment.

***

Qu'un jour étant à Paris,
Il en fit un Paradis,
Où les Petits & les Grands,
   Souvenez-vous-en   (bis
La joye confondant les rangs,
   Sembloient tous être Parens.

***

Que les Fermiers Généraux,
Preuve que rien n'est moins faux,
Payerent fort noblement,
   Souvenez-vous-en   (bis)
De vingt tendrons indigens,
   Le Mariage & les bancs.

VII. CHANSON.

ORAISON DES QUINZE-VINGTS.

Sur l'Air : *De Joconde.*

Grand Dieu rends-nous pour voir le Roi,
  Un seul inſtant la vûe ;
Nous ne nous plaindrons plus à toi,
  Que nous l'avons perdue :
Tu ne ſçaurois trouver Seigneur,
  Nos Requêtes étranges ;
Quand les plus ſourds ont le bonheur
  D'entendre ſes louanges.

COMPLIMENT
DES DAMES
POISSARDES,
PRONONCÉ
PAR MADAME COCASSE.

SIRE LE ROY,

J'ons l'honneur d'être à vote respect les Députées de la Compagnie des Dames Poissardes de votre bonne Ville de Paris. Je venons à la queuë des autres pour vous faciliter comme zeux, sur l'heureux retour de vote arrivée. Ceux qui l'ont fait devant nous, l'avont peut-être mieux fait, comme ayant la langue bian mieux dorée ; Mais en tout cas, si je ne l'ons bian dorée, pas moins je l'ons bian pandue, l'un vaut l'autre. Les belles paroles ne manquont pas dans les bouches qui ont leux cœurs su le bor des lêvres ; & pour moy s'm'est avis que pour bian dire, gnia qu'à bian penser ; & je pensons tous des mieux, drès que je ne pensons qu'à vous comme je fons. En un mot comme en cent SIRE le Roi, lia une verité, c'est que reverence parlé je vous ons pris en bian bonne amiquié, & que toute note peine eſt que la Reine d'Hongrie, Dieu l'amande, ſoit de note Seſque. Que n'étais vous-là quand ce vint la nouvelle de vote maladie ? Si vous euſſiais vû note chagrin ça vous eût fait plaiſir ; & pis après de demême, quand ce vint à ſçavoir que ce n'étoit pu rian, ſi vous aviais vû note joye, vous en auriais pleuré. A ma part, je ſuis s'tel-la, demandez, toute la Poſte en eſt temoin, qui prit à la braſſe-corps, & qui baiſit à la bouche le cheval de çettui qui rapportit vote Convaleſcence : Et tenez, à telle enſeigne en-cor que la pauve Bête qui ſuoit à groſſe goutes m'accomodi comme vous voyez ma robe de Siamoiſe ; mais telle que la vla pourtant, j'en demande pardon au bon Dieu, je ne la troque-rois pas rien qu'à cauſe de ça pour les pu belles Robes des Dames de ſians. Vous riez de mes rébus, SIRE le Roi, tanmieux j'en ſis bian aiſe ; Eh dame, accoutez donc, vous êtes cauſe qu'on nous baille queuque fois la comé-die à la Ville & au Faubourg, c'eſt la raiſon que je vous la baillon un peu itou. Je la fe-rionspu longue ſi ce n'étoit aujourd'hui jour de marché. Vous avez de de même peut-être vos affaires de votre côté, faut faire chacun ſon theme ; adieu SIRE LE ROI, je ſommes vos petites Servantes, & j'allons boire à vote ſanté, pour à celle fin que Dieu & la bonne ſainte Geneviéve vous la conſarve.